# Die Frau meines Bruders

## Impressum

© 2023 Jupiter Hill

Druck und Distribution im Auftrag der Autorin:

tredition GmbH, Heinz-Beusen-Stieg 5, 22926 Ahrensburg, Deutschland

tredition GmbH, Abteilung "Impressumservice", Heinz-Beusen-Stieg 5, 22926 Ahrensburg, Deutschland.

**Vorwort:**

Sehr verehrte Leser,

vielen Dank für den Erwerb meines Buches.

Die Frau meines Bruders ist eine erotische Kurzgeschichte.

Doch nun zu meiner eigentlichen Person. Mein Name ist Jupiter Hill. Ich wurde 1982 in Frankfurt am Main geboren. Seit meiner Kindheit habe ich Geschichten aller Art geschrieben. Je älter ich wurde, desto stärker wurde mein Wunsch, erotische Geschichten zu schreiben. Und das tue ich jetzt.

Ich halte mich an keine festen Konventionen. Keine starren Ideen oder allgemeine Sichtweisen. Manchmal schreibe ich aus der Sicht einer Frau, manchmal aus der Sicht eines Mannes. Weil meine Geschichten für beide Geschlechter gemacht sind.

Ich hoffe, meine Leser mit meinen "Werken" glücklich zu machen. Und zu erotischen Handlungen zu inspirieren. Die nachfolgende Geschichte ist zum Teil frei erfunden. Doch ein großer Teil basiert auf meinem eigenen Leben.

Dein Jupiter

## Die Frau meines Bruders

Es schien ein Tag wie jeder andere zu sein, und doch stimmte eine Kleinigkeit nicht. Ich merkte es erst, als Erika zum wiederholten Male sagte, sie fühle sich furchtbar vernachlässigt und hätte keine Ahnung, wie lang mein Bruder diesmal wieder unterwegs sei. Schon seit fast einer Woche befand sich Alfred im Ausland und hatte abgesehen von einem kurzen Telefonat nichts von sich hören lassen.

Kein Wunder, dass sich seine junge Frau reichlich einsam vorkam. Das war wohl auch der Grund gewesen, weshalb sie mich diesen Samstag unbedingt ausführen wollte. Komm mit rein! sagte sie. Wir trinken noch was. Wenn du willst, kannst du auch über Nacht hierbleiben. Kommst du? Ja, sagte ich.

Natürlich. Es ist ja noch früh. Wir waren im Theater gewesen, hatten reichlich und gut gegessen, und nun wollte meine Schwägerin ganz einfach noch nicht wieder allein sein. Sie hatte alles, was sich eine Frau von dreiundzwanzig Jahren erträumte, ein riesiges Haus, Geld, einen eigenen Wagen - nur keine Gesellschaft. Und die konnte ihr auch mein Bruder nicht bieten. Zwar behauptete er immer, Erika hätte ihren eigenen Freundeskreis, doch ganz so toll schien es damit doch nicht zu sein.

Als wir den Wagen verließen, hakte sie sich unter und schmiegte sich an mich. Mit meinen neunzehn Jahren war ich fast einen Kopf größer als sie. Das wirkte sich überaus wohltuend auf mein Selbstbewusstsein aus. Ansonsten kam ich mir in ihrer Nähe immer wie ein dummer, kleiner Junge vor. Eigentlich bist du ja ein ganz netter Kerl, Wolf, sagte Erika amüsiert. Ich frage mich nur, warum du so verdammt schüchtern bist. Du hast mich noch nicht einmal geküsst, obwohl das sonst unter Schwägern absolut üblich ist.

Ganz abgesehen davon, dass du jede Gelegenheit nutzt, um mir auszuweichen. Dabei bin ich doch ganz bestimmt nicht hässlich, oder? Mein Herz machte einen Satz, blieb stehen und schlug heftig weiter. Nein,

stammelte ich. Natürlich nicht. Du gefällst mir
sehr gut... Und warum bist du dann so
verdammt schüchtern? Wir hatten fast das
Haus erreicht. Zum Glück war es dunkel, sodass
Erika nicht die Röte sehen konnte, die mir ins
Gesicht schoss. So deutlich hatte sie noch nie
mit mir gesprochen, und am liebsten wäre ich
auf der Stelle in den Boden versunken.


Ausgerechnet meine Schwägerin, die ich
schon immer verehrt und angebetet hatte,
fragte mich so etwas. Aber ich konnte ihr ja
schlecht sagen, dass meine Schüchternheit
nichts anderes als die Reaktion auf meine
geheimen Wünsche war. Seitdem ich wusste,
dass Alfred keine Gelegenheit verstreichen ließ,
um seine junge Frau zu betrügen, war mein
eigenes Verlangen fast unerträglich geworden.

Selbst durch die Dunkelheit sah ich, wie mich Erika musterte. Urplötzlich war sie stehen geblieben und drängte sich an mich. Ich musste etwas sagen. Aber... stammelte ich. Wieso denn? Ich bin doch nicht schüchtern...

Sie warf ihre Haare in den Nacken. Wirklich? lästerte sie. Warum küsst, du mich dann nicht? Du bist die Frau meines Bruders... Und? kam es trotzig. Alfred ist weit. Wir sind beide vollkommen allein. Was war nur mit ihr los? Sie stand so nahe vor mir, dass ich ihr Parfüm riechen konnte. Schemenhaft sah ich ihre schlanke Gestalt in dem langen Abendkleid und spürte etwas in mir erwachen.

Trotzdem sagte ich lahm. So etwas tut man nicht. Wenn es Alfred erfährt, schlägt er mir die Zähne ein. Der ganz bestimmt nicht, kicherte sie. Er wird höchstens fragen, ob das schon alles war, und sich von mir einen blasen lassen. Erschrocken hielt sie die Hand vor den Mund und Sekunden lang hatte ich den Eindruck, als würde auch sie rot anlaufen. Dann griff sie impulsiv nach meiner Hand und presste sie auf ihre Brust. Entschuldige, murmelte sie.

So deutlich wollte ich nicht werden, aber es stimmt. In mancher Hinsicht ist dein Bruder ein Schwein. Aber du kennst ihn ja. Andererseits kann man ihm auch nicht widerstehen. Ich... stammelte ich. Lass nur, kam es. Ich wollte damit nur sagen, dass du vor Alfred ganz bestimmt keine Angst zu haben brauchst. Mit

Sicherheit liegt er jetzt mit irgendeinem Flittchen im Bett und amüsiert sich, während ich mich mit dir herumschlagen muss. Meine Hand zitterte. Durch den dünnen Stoff des Abendkleides konnte ich ganz deutlich die festen Rundungen ihrer Brüste spüren. Du musst nicht, sagte ich heiser. Ich kann auch nach Hause fahren... Ich will aber, sagte sie schon wieder mit einem Lächeln.

Wenn ich schon den einen nicht kriegen kann, dann will ich wenigstens den anderen haben. Irgendwie reizt du mich schon die ganze Zeit. Noch näher drängte sie sich an mich. Jetzt musste sie meinen Herzschlag hören. Ihre Worte gingen mir ein wie Öl. Küss mich, flüsterte sie. Vergiss, dass ich die Frau deines Bruders bin. Nimm' einfach an, dass wir uns erst heute

Abend kennen gelernt hätten! Da konnte ich nicht mehr widerstehen und riss sie an mich. Fast von allein fand ich ihren Mund und saugte mich fest. Schlagartig verlor ich die Beherrschung und tat, was ich mir schon immer gewünscht hatte.

Meine Zunge schoss vor, bohrte sich zwischen ihre Lippen, und gleichzeitig strich ich an ihrem Körper entlang. Sie wollte es! Deutlicher konnte sie es mir kaum zu verstehen geben! Mein Glied drückte gegen den Stoff der Hose und schien ihn sprengen zu wollen. Vollkommen gelöst lag Erika in meinen Armen und spielte mit meiner Zunge. Für Sekunden glaubte ich auf Wolken zu schweben. Es war wie ein Traum. Bis ich plötzlich ihre Hand zwischen meinen Beinen spürte und impulsiv zurückzuckte. Das

Feuer erlosch. Augenblicklich schien meine Schwägerin wieder ernüchtert zu sein. Na, sagte sie heiser. Stell' dich nicht so an! Entschuldige, stammelte ich. Mein Gesicht glühte wie eine Tomate.

Ich habe... ich bin... Ein dummer Junge bist du, kam es schon wieder amüsiert. Nichts als ein kleiner Halbstarker, der Angst vor seiner eigenen Courage hat Dabei bist du so spitz, dass du dir fast in die Hose machst. Sie hatte es gemerkt. Sie hatte es merken müssen! Mein Schwanz war so groß, dass er kaum, noch in die Hose passte. Ich kann nichts dafür, murmelte ich.

Du hast es ja so gewollt. Abermals schoss ihre Hand vor, und jetzt hielt ich still. Deutlich konnte ich spüren, wie ihre Finger die Konturen meines Gliedes abtasteten. Dann riss sie sich abrupt los und ging auf das Haus zu. Komm mit! hörte ich sie sagen. In Gottes Namen, lass uns hineingehen, sonst fall' ich noch hier draußen über dich her. Und wenn hinterher die Welt untergeht, aber heute gehörst du zu mir. Wenn du nur halb so gut wie dein Bruder bist, dann ist es die Sache wert. Ein paar Minuten später saßen wir einträchtig nebeneinander auf einer Art Liege und prosteten uns zu.

Erika hatte mir gesagt, dass es ihr ganz persönliches Zimmer sei und Alfred nur zu ihr kam, wenn er gerade mal wieder Befriedigung suchte. Ansonsten verbrachte sie so manchen

Abend allein und beschäftigte sich mit allerlei Dingen. Mit gemischten Gefühlen schaute ich mich um. Der Raum war sehr nett eingerichtet, aber im Moment hatte ich keinen Sinn dafür.

Alles was mich Beschäftigte war Erika, die mir unverkennbar zu verstehen gab, was sie von mir wollte. Trotz des gedämpften Lichtes sah ich deutlich ihre Erregung. Wer hätte das gedacht, murmelte sie mit einer Spur Ironie. Da heirate ich einen Mann, der überall als leidenschaftlicher Liebhaber bekannt ist, und dann gebe ich mich mit seinem kleinen Bruder ab. Lächelnd schaute sie zwischen meine Beine und musterte die deutlich erkennbare Beule.

Aber was soll's. Du willst es, und ich will es, und Alfred ist der Letzte, der was dagegen hat. Ich bin nur gespannt, wie weit du dich zu gehen getraust. Angeblich sollst du ja gar nicht so schlecht sein, wenn du erst mal deine Hemmungen überwunden hast. Woher weißt du...? stammelte ich. Ihre Hand strich über meinen Schenkel, und schon wieder zuckte ich zurück. Na hör' mal«, kam es mit deutlich erkennbarem Spott. Glaubst du, dass dein Bruder und ich irgendwelche Geheimnisse voreinander haben? Wir sind erwachsene Menschen, und jeder kann tun was er will. Er hat mir natürlich von eurem gemeinsamen Abenteuer erzählt. Urplötzlich war mir, als müsste sich der Boden auftun und mich auf der Stelle verschlingen.

Nach Luft schnappend spürte ich, wie ich kalkweiß wurde, um sofort wieder tiefrot anzulaufen. Das gibt es doch nicht! durchfuhr es mich glühend heiß. Das kann Alfred doch nicht getan haben! Bilder tauchten vor mir auf, die sich unauslöschbar in mein Gedächtnis gebrannt hatten.

Mein Bruder und ich, jenseits aller Vernunft mit einer kleinen Nutte, die er besorgt und bezahlt hatte. Mein erstes sexuelles Erlebnis mit einer Frau, bei dem er Regie führte und ihr alle perversen Schweinereien beigebracht hatte, die es nur gab. Aber das war eine Nutte, und Erika war meine Schwägerin! Das er sich überhaupt wagte, so etwas zu erzählen. Auch Alfred hatte sich ganz und gar nicht wie ein Gentleman benommen. Alles? stammelte ich.

Hat er dir wirklich alles erzählt? Ich konnte es einfach nicht fassen. Ihr Lächeln wurde noch breiter. Auf einmal wirkte es sehr mütterlich. Du dummer, kleiner Junge, sagte sie zärtlich. Was gibt es, dass er mir nicht hätte erzählen sollen? Das ihr beide auf eure Kosten gekommen seid und euch wie die Schweine benommen habt? Alfred weiß, dass ich das mag.

Er hat mir schon oft von seinen Abenteuern erzählt und mich damit so verrückt gemacht, dass ich fast übergeschnappt bin. Aber diesmal war es besonders schlimm. Ihr wart zu dritt, und dich kenne ich... Schon wieder tastete sich ihre Hand zwischen meine Beine. Ich wusste nicht, was ich noch sagen sollte.

Plötzlich richtete sich Erika auf und streifte entschlossen das Oberteil ihres Kleides über die Schultern. Darunter trug sie nichts als nackte Haut. Komm, sagte' sie lockend. Komm zu mir, mein Junge! Zum ersten Mal sah ich den Busen meiner Schwägerin und war fasziniert. Ihre Brüste waren groß und fest, mit rosigen Höfen und harten Warzen Genauso, wie ich es mir tausendmal ausgemalt hatte, wenn ich nachts im Bett lag und mich selbst befriedigte.

Komm! sagte Erika wieder. Jetzt war ihr Lächeln verschwunden. Mein Gott, Junge, nun Fass' mich schon an! Da beugte ich mich vor und presste meine Lippen auf das Ziel meiner Wünsche. Die Berührung ließ mich erschauern. Augenblicklich spürte ich, wie mein Schwanz noch ein weiteres Stück anschwoll. Regungslos blieb Erika sitzen und ließ es geschehen, dass ich an ihren Nippeln saugte. Fast von allein kroch meine Hand unter das lange Abendkleid und tastete über die nackten Oberschenkel. Ich war wie in Trance. Alle Hoffnungen und Wünsche meiner neunzehn Jahre schienen unmittelbar vor der Erfüllung zu stehen. Erika trug nur einen winzigen Slip und Strapse, die ihre Weiblichkeit noch untermalten. Genauso wie Gerda! durchfuhr es mich.

Warum mir ausgerechnet jetzt diese kleine Nutte einfiel, konnte ich nicht sagen. Aber immerhin hatte ich von ihr gelernt, und wahrscheinlich verband das. Bereitwillig spreizte Erika die Beine und drängte sich meiner suchenden Hand entgegen. Dabei strich sie über meinen Rücken und machte

mich noch mehr an. Warte! sagte sie auf

einmal. Was soll das? So geht es nicht... Abrupt

schlüpfte sie ganz aus ihrem Kleid und warf sich

lang gestreckt auf die niedrige Liege. Nun

komm! Du kannst mit mir machen, was du

willst, aber tu was! »Ja«, krächzte ich heiser.


»Oh Gott, ja!« »Fass' mich an! « keuchte sie.

»Streichle mich! Leck' mich! Stoß' in mich rein!«

Fasziniert starrte ich auf ihren lang gestreckten

Körper und glaubte zu vergehen. Gerda war

nichts gegen sie. Die andere war nur eine

kleine Nutte gewesen, aber Erika war schön.

Sie war die Frau meines Bruders, und jetzt

gehörte sie nur mir. Langsam, fast andächtig

löste ich die Bändchen ihres winzigen Slips und

entblößte das lockende Geschlecht Meine

Schwägerin hatte nur ein scharf begrenztes Haardreieck, und ich konnte mich nicht satt sehen. Nun tu schon was! schnappte Erika erneut.

»Mach' es mir!« Ihre Schenkel waren so weit gespreizt, dass mir nichts mehr verborgen blieb. Da beugte ich mich vor und leckte durch ihren rosigen Spalt. Die Berührung mit der überraschend harten Klitoris ließ uns beide zusammenzucken. Einen winzigen Moment drängte mir Erika ihr Geschlecht entgegen, und ich schmeckte ihren Liebessaft. Dann riss sie sich los und kam in die Höhe. Ernüchtert fuhr ich zurück. »Nicht so! « stieß sie hervor. »Lecken kannst du mich immer noch. Ich will dich in mir haben! « Sie griff nach mir und knöpfte mein Hemd auf. »Mein Gott, Wolfgang, nun stell' dich nicht so an! Du bist doch fast schon erwachsen. Ich will, dass du mich fickst! dass du deinen Schwanz in mich stößt und mich durchziehst Bei dieser kleinen Nutte hast du es ja auch getan! «

Mit fliegenden Fingern zerrte sie mir die Kleider vom Leib. Urplötzlich war Erika so erregt, dass sie auch noch ihre letzte Zurückhaltung verlor. Ich konnte ihre maßlose Geilheit direkt spüren. »Aber ja! « stammelte ich einen Moment verwirrt. »Ich will doch... So warte halt! « »Ich kann nicht mehr! « kam es »Zu lang hab' ich gewartet ~ Schon seit Monaten will ich dich haben! «

Mein Hemd fiel zu Boden, die Hose... Vor dem Slip zögerte sie. Wie ein Ungeheuer beulte mein Schwanz den Stoff aus Dann riss sie ihn herunter und zog mich in ihre Arme. Ich war wie im Taumel. Ich kam gar nicht dazu, so etwas wie Scham oder Hemmungen zu empfinden. Wie eine Ertrinkende schnappte Erika nach meinem steifen Schwanz, während sie mir gierig ihre Zunge in den Mund stieß. »Fick' mich! « stammelte sie wieder. »Mein Gott, hast du ein Ding! Spritz' in mich rein!« Sie warf sich auf den Rücken und spreizte die Beine. »Komm! « wimmerte sie. »Oh Gott, nun komm doch schon!« Es war nur noch wilde Leidenschaft. Alles drehte sich vor meinen Augen, und ich spürte direkt körperlich, wie auch noch die letzte Schranke in mir zerbrach.

Ich war nicht mehr der kleine Schwager und sie die Frau meines Bruders. In diesem Moment war ich nur noch ein bis an die Grenze des Erträglichen aufgepeitschtes Etwas, das ohne Kopf und Verstand seinen ureigensten Trieben folgte. »Komm! « hörte ich. »So fick' mich doch endlich!« Ich steckte schon in ihr, und noch immer wimmerte Erika. Mein Schwanz bohrte sich in ihren Leib, zog sich zurück, stieß abermals in die dumpfe Feuchtigkeit ihrer Scheide... »Mein Gott, ist das schön! « hörte ich durch den Schleier der Lust. »Warum haben wir das nicht schon längst mal getan? Wenn es doch nie aufhören würde! «

Bilder tauchten auf und verschwanden. Gerda, die kleine Nutte... Erika. - Ich brachte alles durcheinander. In mir herrschte ein Chaos an tausend Gefühlen, das nur noch von dem stetig wachsenden drangen meines Orgasmus übertroffen wurde. Ich war soweit. Keine Sekunde länger konnte ich es zurückhalten. Da schoss es aus mir hervor, und Stoß für Stoß spritzte ich mir die Seele aus dem Leib.

Du warst einsame Spitze«, sagte Erika. So intensiv habe ich selten empfunden. Selbst bei Alfred komm ich nicht immer zur Auslösung und oft muss ich es mir hinterher noch selbst machen. Aber du hast eben dein Meisterstück geliefert, mein kleiner Held. « Mit weit gespreizten Beinen lag Erika auf der niedrigen Liege und strich sich versonnen über die nackte Scham. Noch immer waren ihre Brustwarzen hart und ihr Kitzler ragte wie ein kleiner Penis in die Höhe. Ich saß neben ihr und konnte mich nicht satt sehen. Jetzt ist es geschehen, dachte ich. Jetzt hast du zum ersten Mal eine Frau gefickt, dafür niemand dafür bezahlen musste. Sie hat es so gewollt, und du hast ihr Lust bereitet.

Es war wunderschön«, sagte sie heiser. ich bin so glücklich, dass ich es nicht in Worte fassen kann...« Wie einem Zwang folgend streckte ich die Hand aus und strich über den lang gestreckten Körper. Jetzt hatte ich keine Angst mehr. Aus meiner Schwägerin war meine Geliebte' geworden. Erika hielt meine Hand fest und schob sie zwischen ihre Beine. Schöner als bei Gerda? War es schöner als bei dieser kleinen Nutte, bei der du gelernt hast?

Ja, sagte ich impulsiv. Viel schöner! Gerda war nur ein Spielzeug, aber auf dich bin ich schon die ganze Zeit scharf. Ich spürte die Feuchtigkeit der Schamlippen, das ausfließende Sekret, wurde schon wieder erregt. Mein Samen, dachte ich. Das ist nichts anderes als mein Liebessaft, den sie in sich hat! Das weiß ich, sagte Erika. So etwas spürt eine Frau. Alfred und ich haben sogar eine Wette abgeschlossen, wann du dich endlich getraust, deine Wünsche zu zeigen. Ich konnte es kaum erwarten. Immerhin weiß ich mehr über dich, als du ahnst.

Immer wieder hat mir dein Bruder erzählt, wie ihr euch früher gegenseitig befriedigt habt. Wie er dir das Wichsen beigebracht hat, als du vierzehn warst, und mit welcher Begeisterung du ihm immer wieder einen geblasen hast. Anfangs fürchtete ich schon, du würdest dich zum Homo entwickeln, aber jetzt weiß ich es besser. Nur einen winzigen Moment war ich schockiert. Es gab wirklich nichts, was Alfred für sich behalten konnte. Dann ließ ich mich wieder treiben. Spielerisch stieß Erika meine Finger in ihre klitschnasse Scheide, zog sie wieder heraus und leckte sie ab.

Du schmeckst gut, grinste sie. Ich mag das. Ich bin mindestens genauso pervers wie dein Bruder. Wahrscheinlich hat er mich nur deshalb geheiratet. Wieder steckte sie meine Finger in die Fotze und leckte sie ab. Willst du? Manche Männer sind ganz scharf darauf, ihren eigenen Samen zu kosten. Besonders wenn sie ihn gerade in die Scheide einer Frau gespritzt haben. Sie schaute mich auffordernd an. Ja, entfuhr es mir elektrisiert. Augenblicklich schoss wieder das Blut in meinen Schwanz und ließ ihn zur vollen Größe anwachsen. Es war noch nicht Schluss. Erika hatte noch längst nicht genug. Dann komm, hörte ich. Leck' mich ein bisschen. Da sollst du ja auch gar nicht so schlecht sein.

Allein der Gedanke peitschte mich derart auf, dass ich von einer Sekunde zur anderen wieder zu fiebern begann. Erika hin und Schwägerin her was spielte das jetzt noch für eine Rolle? Vor mir lag eine nackte Frau, die ihre Geilheit ganz offen preisgab, und ich war ein Mann. Allein das zählte. Nur wir beide. Erregt warf ich mich über sie und wühlte mein Gesicht zwischen die weit gespreizten Schenkel. Ich kannte nicht die geringsten Hemmungen mehr.

Der gerade erlebte Akt und die deutlichen Aufforderungen meiner Schwägerin gaben mir Recht.

Dazu war ich da, um all das zu tun, was ich mir in so manchen feuchten Träumen immer und immer wieder ausgemalt hatte. Ebenfalls plötzlich wieder von wilder Lust gepackt bäumte sich Erika auf und drängte mir ihr Geschlecht entgegen. Sie murmelte etwas, das ich nicht verstand, aber es war mir auch egal. Ich sah ihre lockende Fotze, spürte die Nässe, meine eigene Geilheit in Verbindung mit ihrer gespannten Erwartung, und da war es um mich geschehen. Gierig zerrte ich die geschwollenen Schamlippen auseinander und leckte durch den klitschnassen Spalt.

Tiefer hörte ich. Steck' sie mir ganz rein! Saug' mich aus! Ich brauchte keine Aufforderung mehr. Das hatte ich ohnehin vor. Noch weiter drängte ich mich meinem Ziel entgegen. Wie ein kleiner Penis bohrte sich meine Zunge in die klaffende Scheide. Mein ganzer Mund war voller Sperma und weiblichem Liebessaft, was mich noch mehr aufpeitschte. Ich saugte, lutschte, schlürfte.

Ich war wie von Sinnen. Gut, stöhnte Erika. Herrlich! Du bist eine Wucht. Wenn ich das Alfred erzähle, wird er es nicht glauben. Sie griff um sich und erwischte meinen Schwanz. Sofort begann sie ihn zu massieren. Ja, stammelte sie. Mach! Gleich bin ich soweit! Aber dann will ich dich auch kosten. Dann musst du es nur in den Mund machen! Ich hörte es und hörte es auch wieder nicht. Rasend vor Geilheit nahm ich mit, was ich kriegen konnte. Ich schmeckte nur noch Fotze. Längst hatte ich alles geschluckt, was von meinem Erguss übriggeblieben war, aber noch immer hatte ich nicht genug. Ich stellte mir vor, wie sich mein Bruder in diese Liebeshöhle ergossen hatte, in der meine Zunge steckte, wie er als Ehemann seine junge Frau fickte, hundertmal, tausendmal, und es hätte mich zerreißen können.

Jetzt müsstest du pissen! schoss es mir durch den Kopf. Einfach laufen lassen, wie es Gerda getan hat. Es wäre die Krönung! Meine Erregung hatte einen Punkt erreicht, an dem es keine Tabus mehr gab. Alle perversen Gelüste meiner neunzehn Jahre brachen hervor und raubten mir den Verstand. Noch weiter versuchte ich meine Zunge in die klitschnasse Scheide zu bohren, während es unwiderstehlich in mir aufstieg. Ich war wieder soweit. Da stieß Erika plötzlich ein lang gezogenes Stöhnen aus und ich spürte, wie sie verging. Gierig saugte ich ihren Liebessaft, aber es dauerte nur Sekunden. Auf einmal schob mich Erika von sich und richtete sich auf.

Das langt, stieß sie hervor. Du warst spitze. Aber jetzt komm! Ihr Gesicht glühte. In ihren Augen lag noch das Fieber des gerade erlebten, während sie nach meinem steil aufragenden Schwanz angelte und sich näher schob. Komm nimm, wiederholte sie fiebernd. Jetzt will ich dich kosten! Mach' es mir in den Mund! Schwer atmend wälzte ich mich herum und beugte mich über sie. Das Fieber ergriff auch mich und ließ meinen Schwanz hoch ein weiteres Stück anschwellen. Blasen! dachte ich. Spritzen! Sie überschwemmen, in sie hineinstoßen... Der halb geöffnete Mund war unmittelbar vor mir.

Ja, keuchte ich. Mir kommt es gleich. Aber wie...? Über mich! Knie dich über meine Brust! Ich tat es. Breitbeinig senkte ich mich auf sie hinab, und mein schmerzendes Organ wischte durch ihr Gesicht. Als hätte Erika nur darauf gewartet, riss sie den Mund auf und schnappte danach. Gleichzeitig griff sie nach meinem Sack und knetete die Hoden. Unwillkürlich entfuhr mir ein Stöhnen.

Auf einen Schlag schienen alle meine Nerven zu schwingen, und ich bestand nur noch aus

Schwanz, aus einem riesigen, monströsen
Etwas, das den Mittelpunkt der Welt bildete.
Aus einem pulsierenden Stückchen Fleisch, das
immer größer und dicker wurde und das jeden
Moment seine geballte Kraft herausschleudern
musste. Oh Gott! dachte ich bebend. Wenn
doch die Zeit stillstehen würde! Wenn es doch
ewig so ginge! Erika saugte, als hätte sie seit
Jahren keinen Schwanz mehr im Mund gehabt.
Dabei waren ihre Hände laufend in Bewegung,
kneteten meine Hoden, meinen Bauch und
strichen über die Innenseiten meiner Schenkel.

Ganz gegen meinen Willen fiel mir wieder
Gerda ein, die kleine Nutte, und sekundenlang
schloss ich die Augen. Wie lang war das her?
Zehn Tage? Zwölf? Sie war die erste Frau
gewesen, in die ich mich ergossen hatte. Noch

immer war sie ein Maßstab für mich. Aber Erika war natürlich etwas anderes. Das Drängen in mir verstärkte sich, und erneut schaute ich an mir hinab. Impulsiv stieß ich zu, und der ganze Schaft meines Schwanzes verschwand zwischen den saugenden Lippen. Sofort zog ich mich wieder zurück.

Einen winzigen Moment hatte ich den Eindruck, als würde Erika ihr Saugen verstärken. Spürte sie, dass ich unmittelbar vor der Auslösung stand? Abermals stieß ich zu. Von ungeheurer Erregung gepackt beobachtete ich, wie mein pulsierendes Organ verschwand, auftauchte, wieder verschwand.

Jetzt war meine Schwägerin nichts als ein weit aufgerissener Mund, in den ich rasend vor Geilheit hineinfickte. Immer schneller wurden meine Bewegungen, während Erikas Hände meinen Unterleib kneteten. Gleich! dachte ich fiebernd. Gleich kannst du mich kosten! Da spürte ich plötzlich, wie etwas über meine rückwärtige Körperöffnung strich, wie sich erst vorsichtig und dann immer drängender ein Finger in meinen Anus bohrte, und das gab mir den Rest. Abrupt verhielt ich und bäumte mich auf. Den Bruchteil einer Sekunde kam es mir vor, als würde ein flammendes Schwert meinen Körper durchstoßen.

Das hatte ich noch nicht erlebt. Ich hätte schreien können vor Lust. Mit aller Gewalt rammte mir Erika ihren Finger in den Darm, spaltete mich, fickte mich, und im selben Moment schoss es aus mir hervor. Die Urgewalt meiner Ejakulation war so heftig, wie es selbst Erika nicht erwartet hatte. Bereits der erste Schwall meines hervor schießenden Spermas ließ sie zurückfahren und nach Luft schnappen. Augenblicklich war ihre gesamte Mundhöhle von meinem Liebessaft überschwemmt, während es bereits wieder neu in mir aufstieg. Nicht! entfuhr es mir japsend.

Bis an die Grenze des Erträglichen aufgepeitscht sah ich, wie mein zuckender Schwanz aus ihrem Mund glitt. Gleichzeitig spürte ich, wie sich ihr Finger noch tiefer in meinen Anus bohrte Mach'! Saug mich aus! Mit weit aufgerissenen Augen starrte sie auf die Spitze meines Schwanzes. Krampfhaft schluckend versuchte sie sich Luft zu schaffen und bekam die nächste Entladung mitten ins Gesicht. Impulsiv stöhnte ich auf. So hatte ich es nicht gewollt.

Sie sollte mich schlucken, kosten, in meinem Liebessaft baden.... Erneut schoss es hervor und traf sie am Kinn. Automatisch ruckte ich höher und stieß ihr meine Eichel zwischen die Lippen. Da hatte sie sich wieder in der Gewalt, und während es abermals aus mir hervordrängte, während ich mich mit endlosen Stößen immer und immer wieder verströmen fühlte, schlang, meine Schwägerin das spuckende Organ in sich hinein und nahm alles in sich auf.

Wieder lagen wir nebeneinander, jeder auf seine ganz persönliche Art glücklich, und genossen das Ausklingen der Lust. Erika hielt mein erschlafftes Glied in der Hand und streichelte es, während ich versonnen mit' ihrem Kitzler spielte. Ich hatte alles bekommen, was ich mir wünschte.

Erst hatte ich die Frau meines Bruders gefickt, und nun hatte sie auch noch meinen Samen gekostet. Was konnte es geben, das unsere wilde Leidenschaft abermals auflodern ließ? Irgendwie war ich geschafft, und doch wollte ich nicht daran glauben, dass es schon alles war. Längst wusste ich, dass Erika einen ungeheuer ausgeprägten Sexualtrieb besaß, dem sie sich nur zu gern fügte. Wie war es? fragte ich, nur um das Schweigen zu durchbrechen. Ich kannte keine Hemmungen mehr.

Mir war vollkommen klar, dass meine Schwägerin den gerade erlebten Akt genossen hatte. Automatisch schlossen sich Erikas Finger fester um mein Glied, während sie mir ihr Gesicht zudrehte. Sie hatte sich nur flüchtig gesäubert, und noch immer glänzte sie von meinem Sperma. Wunderbar sagte sie mit einem Lächeln. Herrlich! Und du? Ich bohrte ihr zwei Finger in die Scheide, zog sie heraus, und leckte sie ab. Was ist mit mir? Hat es dir auch so gut gefallen? Bist du restlos auf deine Kosten gekommen? Alfred hat mir mal gesagt, dass der Oralverkehr für euch Männer eine ganz besondere Bedeutung hat.

Es ist nicht nur die körperliche Lust, sondern noch viel mehr der psychologische Effekt, der euch befriedigt. Wenn ihr eine Frau in den Mund fickt, macht ihr sie damit zu eurer Sklavin. Ich hatte noch nicht darüber nachgedacht, aber es stimmte. Bei nichts fühlte man sich derart männlich überlegen, als wenn man seiner Partnerin das hervorschießende Sperma zu schlucken gab. Etwas in mir erwachte. Augenblicklich war ich wieder erregt, obwohl mein Schwanz nach wie vor schlaff, wie leblos in Erikas Hand lag.

Aus dieser Sicht betrachtet wirkte das zurückliegende Geschehen noch stimulierend. Abrupt richtete ich mich au. Ja, sagte ich. Mir hat es genauso gefallen! Magst du das? Gibt es dir mehr, als wenn du mich ganz normal fickst? Das konnte ich nicht sagen. Auch darüber hatte ich noch nicht nachgedacht. Erst als sie es sagte, begriff ich, dass ich schon wieder Lust hatte, über sie herzufallen. Sie zu benutzen, in sie hineinzustoßen...

Aber nicht in ihre provozierend dargebotene Fotze, die zweifellos auch ihren Reiz hatte, sondern in ihren zu einem Lächeln verzogenen Mund. Impulsiv beugte ich mich vor und küsste sie. Ja, murmelte ich. Es gefällt mir. Am liebsten würde ich dir gleich wieder meinen Schwanz zu kosten geben. Ich könnte stundenlang zuschauen, wenn du an ihm herumnuckelst. Ich fürchte nur, dass es dir mit der Zeit langweilig wird.

Aber was macht ihr denn sonst noch? Alfred und du, meine ich? Oh, kam es. Da gibt es noch eine ganze Menge... Ich ließ mich wieder zurücksinken und streichelte erneut ihren Körper. Natürlich, meinem Bruder fiel immer was ein. Aber immerhin war er ja auch vierzehn Jahre älter als ich. Was? fragte ich.

Es gab nichts, wozu ich nicht bereit gewesen wäre. In Erikas Augen leuchtete es auf. Pinkeln, zum Beispiel... Es einfach laufen lassen. Was? fuhr es mir heraus. Bilder tauchten auf, kurze Szenen. Alfred und ich mit der kleinen Nutte Gerda. Wie es ihr kam, wie sie es einfach laufen ließ und mein Bruder die Pisse des Mädchens kostete. Etwas, das ich zu den schlimmsten Perversitäten zählte, und nun fing auch noch sie damit an. Pinkelspiele sagt man dazu, lächelte meine Schwägerin. Ich weiß, dass es nicht jeder mag, aber es ist unwahrscheinlich erregend. Alfred und ich stehen darauf.

Aber von ihm weiß du es ja. Auch das hatte er ihr erzählt. In dieser seltsamen Ehe gab es wirklich keine Tabus. Ich war verwirrt. Damit hatte ich nicht gerechnet, aber irgendwie machte mich die Vorstellung an. Auf einmal schoss wieder das Blut in meinen Schwanz und ließ ihn anschwellen. Ich... stammelte ich. musst du denn? Schon die ganze Zeit. Ich hab' es mir nur aufgespart. Erika ruckte hoch. Fasziniert starrte sie meinen halbsteifen Schwanz an. Plötzlich war das Lächeln verschwunden, und in ihren Augen lag wieder jenes Funkeln, das ich bereits kannte. Das ist ja herrlich! krächzte

sie heiser. Willst du es denn? Impulsiv nickte ich.
Auf einmal meinte ich, es keine Minute länger
aushalten zu können. Dann komm! stieß Erika
hervor.

Auf der Toilette. In dem mit grünen Kacheln
ausgelegten Raum verhielt meine Schwägerin
und starrte mich an. Instinktiv schien sie zu
fühlen, was in mir vorging. Noch nie hatte ich
gemeinsam mit einer Frau die Toilette betreten,
und auf einmal war ich wieder verlegen. Na,
sagte sie. Nicht doch!

Aber auch sie brachte kein Lächeln zustande.
Ihre Hand strich über meinen Bauch und
schloss sich um meinen Schwanz. Was ist schon
dabei? Pinkeln müssen wir alle. - Bist du... hast

du noch nie zugeschaut? Ich dachte an Gerda, aber das lag alles so weit zurück. Automatisch schüttelte ich den Kopf. Dann Pass' auf! kam es heiser. Schau' mir genau zu! Erika trat breitbeinig über die Toilettenschüssel und begann zu pressen. Dabei strich sie mit beiden Händen über ihren Körper, knetete ihre Brüste, und strich sich über den Bauch und die Oberschenkel.

Vollkommen weggetreten tat sie alles, um sich zu stimulieren. Mir schoss das Blut in den Kopf, und fasziniert schob ich mich näher. Plötzlich begriff ich, dass selbst der ganz natürliche Akt des Urinierens zu einer ungeheuer erregenden Variante werden konnte. Ich spürte es an mir, wie mich ein Schauer nach dem anderen durchfuhr. Aber Erika tat mehr. Während sie ganz bewusst den Druck ihrer Blase steigerte, entfernte sie sich immer weiter von der Wirklichkeit.

Da schoss es plötzlich aus ihr hervor, und im gleichen Moment verlor auch ich die Hemmungen. Mit einem unartikulierten Laut fiel ich auf die Knie und hielt meine Hände in den goldgelben Strahl. Zwei Sekunden, drei... Kochend heiß lief es mir durch die Finger, rann mir die Arme entlang. Dann versiegte die Quelle. Himmel! stammelte sie. Es ist, als würde ich verbrennen! Auch ich verbrannte. Alle Lust dieser Welt schien sich in mir zu vereinen. Erikas Gesicht war zur Fratze verzerrt. Wimmernd riss sie den Oberkörper zurück und griff sich zwischen die Beine. Sie konnte nicht mehr. Sie musste einfach etwas tun. Als ich ihre wild masturbierenden Hände sah, dachte ich daran, dass alles nichts, als ein Anfang war. Gleich würde ich wieder über sie herfallen. Nun hatten wir auch noch die letzten Schranken überwunden und nichts konnte uns daran hindern, das begonnene Spiel fortzusetzen.

Ich hatte eine Geliebte, auch wenn es die Frau meines Bruders war. Bis ich eines Tages eine eigene Frau fand, die das alles mit mir tat. Aber das hatte Zeit...

FSC
www.fsc.org
MIX
Papier | Fördert
gute Waldnutzung
FSC® C083411

Zeitfracht Medien GmbH
Ferdinand-Jühlke-Straße 7
99095 Erfurt, Deutschland
produktsicherheit@kolibri360.de